Birgit Brugger

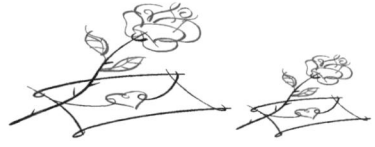

Das Lächeln

der

Seelenkinder

Herstellung und Verlag: BoD – Books on Demand, Norderstedt

ISBN: 978-3-7322-8523-5

„Doch die Existenz der Engel, die bezweifelte
ich nie: Lichtgeschöpfe sonder Mängel, hier auf
Erden wandeln sie." **(Heinrich Heine)**

„ Wenn alle Türen geschlossen und die Fenster
verdunkelt sind, darfst du nicht glauben allein
zu sein. Den Gott ist bei dir und deine
Schutzengel.   Und weshalb sollten sie Licht
brauchen, um zu
sehen was Du tust?"

(EPIKTET)

„Ach, da wir Hilfe von Menschen erharrten:

Stiegen Engel lautlos mit einem Schritte hinüber

über das liebende Herz."

(Rainer Maria Rilke)

„Glaube ist Glaube an Unsichtbares.

Wissen ist Glaube an Sichtbares."

(Oswald Spengler)

„Früher habe es drei Geschlechter von Menschen gegeben.

Das männliche Geschlecht stamme von der Sonne ab, das weibliche von der Erde und das aus den beiden zusammen gesetzten vom Mond.

Es gab also Mann – Männer, Frau-Frauen und Frau-Männer.

Diese Kugelmenschen hatten je vier Hände und Füße und zwei entgegengesetzte Gesichter auf einem Kopf.

Sie waren stark und schnell und wurden deshalb selbst den Göttern gefährlich.

Deswegen zerschnitt der Göttervater Zeus jeden von ihnen in zwei Hälften.

Seitdem gehen die beiden Teile getrennt aufrecht auf zwei Beinen und beide haben Sehnsucht danach, sich mit dem jeweils anderen Teil wieder zu vereinen.

(Auszug aus dem Symposion des Platon)

Der Engel Gabriel kontrollierte noch einmal die Transportliste und betrachtete liebevoll die Seelen, die bereits Ihre neuen Astralkörper angezogen hatten.

Er liebte all diese Kinder von ganzem Herzen und es schmerzte ihn, diese zarten Wesen auf die Erde zu bringen.

Leider kannte er auch die Schicksale dieser Kinder und fragte sich insgeheim wie lange er diese Arbeit noch machen sollte, obwohl er die Gesetze des Karma und die verschiedenen Reinkarnationsverordnungen sämtlicher Himmel hinlänglich kannte, war er dieser Arbeit längst überdrüssig geworden.

Der Hüter der Zeit öffnete in diesem Moment das Raum-Zeitportal und das Freizeichen ertönte.

Ein letztes Mal schritt Gabriel durch die Reihen und wünschte den zukünftigen Menschen alles Gute und hielt plötzlich inne, als er in der hintersten Reihe ein Lächeln hörte.

Gabriel blickte in diesem Moment in die Augen eines Mädchens und eines Jungen, deren Blicke das Leuchten der Sterne in den Schatten stellten, er war bewegt wie nie zuvor, denn das Lächeln dieser

Kinder rührte sein Herz zutiefst und das Leuchten in ihren Augen verzauberte ihn.

Gedanken verloren startete Gabriel seinen alten Shuttle Bus und erinnerte sich an jenen Tag, als er diesen

netten Jungen zur Erde, an einen Ort namens Betlehem bringen musste.

Er mochte gar nicht mehr daran denken was diesem Jungen im Laufe seines Erdenlebens widerfuhr, so sehr schmerzte ihn die Erinnerung.

Routiniert lenkte Gabriel den Shuttle Bus durch das Raum-Zeit Portal und wunderte sich heimlich darüber das sein Shuttle noch immer von dieser alten überholten Lichtgeschwindigkeit angetrieben wurde, dabei wusste ohnehin schon jeder Hilfsengel, das man Fahrzeuge dieser Art auch mit Seelenkraft antreiben konnte, doch viele neue Ideen scheiterten immer wieder an der Bürokratie der alten Götter, die ihre Monopole nicht so leicht aufgeben wollten.

Gabriel warf kurz einen Blick auf seine Liste und war erstaunt, dass es sich bei diesen beiden Kindern, namens Tiziana und Raphael um Seelenkinder handelte.

Vor kurzem erzählte ihm einer der diensthabenden Erzengel in der Zentrale unter vorgehaltener Hand, das diese Seelenkinder direkt aus dem Herzen des Schöpfers allen Seins stammen , praktisch aus reiner Liebe sind.

Unbewusst und ohne nach zu denken steckte Gabriel die Liste, auf der die Seelenkinder und deren neue Eltern verzeichnet waren zwischen die Federn seiner lädierten, leider nicht mehr funktionierenden Flügel.

Gabriel begann sich durch das Lächeln der beiden Seelenkinder zunehmend wohler zu fühlen und konnte es kaum glauben, dass diese liebenswürdigen Geschöpfe zur Erde gebracht werden sollten.

Er roch bereits die Nähe des Planeten Erde und flog mit seinem altmodischen Vehikel durch die Milchstraße, ehe er am Ende des Raum-Zeit Portals auf eine Gruppe gefallener Engel stieß, die immer noch meinten die Erde verwalten zu müssen.

Gabriel wusste über die gefallenen Engel Bescheid, hatte bis jetzt allerdings noch nie mit ihnen zu tun gehabt, weshalb es ihm ganz und gar nicht gefiel, dass dieser berüchtigte Chef der Gefallenen mit seinem ganzen Gefolge auf ihn lauerte.

Der oberste Gefallene stürmte mit seinen Gefolgsleuten ohne lange zu fragen den Shuttle Bus und nahm jede Seele ganz genau unter die Lupe.

„ Wo ist die Liste der Seelen ! " brüllte er ungeduldig und durchsuchte die ganzen Papiere, die Gabriel mit sich führte.

Gabriel spürte, dass die Gefallenen es auf die Seelenkinder abgesehen hatten und konzentrierte sich in diesem Moment bewusst auf das Mondlicht, damit diese unverschämten Kerle seine Gedanken und Gefühle nicht lesen konnten.

Doch die Gefallenen waren so sehr mit sich selbst und der Suche nach der Nadel im Heuhaufen beschäftigt, so dass sie das Lächeln der Seelenkinder erst gar nicht wahrnehmen konnten.

Nachdem sie ihre vergebliche Suche abgeschlossen hatten, gaben sie auf und ließen Gabriel mit den Seelen der zukünftigen Erdenkinder weiter ziehen.

Mit ein wenig Verspätung drang Gabriel in die Atmosphäre der Erde ein und verteilte alle Seelen in die für sie geschaffenen Körper.

Erschöpft lehnte er sich, nachdem er alles erledigt hatte, zurück und bemerkte plötzlich, Tiziana und

Raphael, die bereits engumschlungen auf dem Rücksitz eingeschlafen waren.

Wie konnte er sie nur vergessen, seine Seelenkinder?!

Diese Seelen berührten ihn mit Ihrem Lächeln wie noch nie jemand zuvor, aber wenigstens konnte er sie durch seinen angeborenen Sinn für Unordnung vor den Gefallenen retten.

Zärtlich betrachtete der Engel die Seelenkinder und begann zu weinen.

Gabriel wusste, dass er es niemals wirklich verkraften würde, wenn auch diesen beiden Ähnliches wiederfahren würde wie einst diesem feinen Jungen, den er in die Stadt Betlehem bringen musste.

Damals wusste er nicht wer dieser Junge wirklich war, nur ein Erzengel und ganz wenige Elohim waren in den göttlichen Plan eingeweiht.

Der Junge war als Sonderfahrt deklariert und Gabriel kam mit seinem Shuttle reichlich spät und zu auffällig auf der Erde an.

Schafhirten und neugierige Sternenkundige verfolgten ihn damals bis nach Betlehem.

Die Erde hatte unter den von den gefallenen Engeln beeinflussten Menschen sehr zu leiden, weshalb der Großteil der Menschheit, bis auf wenige Ausnahmen, noch nicht fähig war, mit der einfachsten Form von Lichtgeschwindigkeit, den Gedanken, bewusst zu arbeiten.

Doch in diesem Moment beschloss Gabriel sich über seine Vorschriften hinweg zu setzen und endlich seinen Gefühlen zu vertrauen und startete erneut das Shuttle, doch es würde schwierig werden mit diesem alten Lichtgeschwindigkeitsvehikel, das nur für Transporte vom ersten Himmel zur Erde geeignet war, dorthin zu kommen, wo die Seelenkinder wirklich zu Hause waren.

Aber wo waren die Seelenkinder zuhause und wo war er, eigentlich wirklich zu Hause?

Er konnte es in diesem Moment nicht beantworten.

Vorsichtig deckte er die Seelenkinder zu und reihte sich unauffällig vor dem Raum Zeit Portal zwischen den anderen Shuttles ein, um den Hüter der Zeit und die gefallenen Engel nicht unnötig zu provozieren, denn früher oder später würden sie ohne hin bemerken, das heute nicht ordnungsgemäß ausgeliefert wurde.

Mit der Gewissheit, dass er seinen Job und seine nicht mehr funktionstüchtigen Flügel verlieren würde, flog Gabriel ohne Probleme durch das Raum-Zeit Portal in die Milchstraße und ehe er nachdenken konnte wie es weiter ging, erwachten die Seelenkinder und begannen ein unbeschreiblich schönes Lied zu singen, das man nur im Herzen hören konnte.

Gabriel war sehr angetan vom Gesang der beiden und erschrak als plötzlich jemand an der Tür klopfte.

Ein freundlicher Mann mit Bart betrat das Shuttle, begrüßte Gabriel, und die Seelenkinder umarmten ihn stürmisch, als ob sie auf ihn gewartet hätten.

Dieser Mann fuhr ein sehr modernes futuristisches Gefährt, das aus einem goldenen Lichtstrahl bestand und durch die Kraft eines bestimmten Klanges angetrieben wurde.

Der Engel war beeindruckt, er kratzte sich am Flügelschaft und die Liste der Seelen fiel plötzlich zu Boden.

„Gabriel, du hast heute Großartiges getan, es ist alles so verlaufen wie es verlaufen musste, hab keine Angst, auch dein Weg ist geführt", sprach der freundliche junge Mann zum Engel.

„Aber, aber,…wer…", stotterte der Engel aufgeregt

„Schau auf deine Liste, guter Engel und erinnere dich an unsere abenteuerliche Reise nach Betlehem", sagte der Mann, während sich Raphael und Tiziana mit einem Kuss von Gabriel verabschiedeten und sich mit dem Mann, ohne erneut das Raum-Zeit Portal benutzen zu müssen, in eine ganz andere Richtung fortbewegten.

Warum hatte er ihn nicht sofort wieder erkannt?

Gabriel konnte es kaum glauben, dass er ihn überhaupt jemals wieder sehen würde. Er freute sich sehr!

Der Engel lehnte sich entspannt zurück und dachte noch einmal an das Lachen von Tiziana und Raphael, das niemals verstummen durfte, denn es besaß immerhin die Kraft das Herz eines altgedienten Engels zu berühren.

In diesem Moment erkannte er auch, dass die Gefallenen diesen Kindern das Lachen nehmen wollten, denn in diesem Lächeln der Seelenkinder steckte die Essenz der Schöpfung, der Schlüssel für alles, die Liebe.

Sanft summte Gabriel das Lied, das die beiden vorhin sangen, ehe er kurz darauf einschlief, um wenig später im Seelenkleid zu erwachen.

Einige Elohim geleiteten ihn in das Herz des Schöpfers nach Hause und er konnte das Lächeln der vielen Seelenkinder hören, da er selbst zu einem Teil dieses Lächelns geworden war.

Das Ticken der Uhr erfüllte das Wohnzimmer und untermalte die unheimliche Stille dieser mondlosen Nacht.

Tiziana saß bewegungslos auf dem Sofa .

Ihre Tränen versiegten, sie hatte keine Kraft mehr um zu weinen.

Eine destruktive, unheimliche Leere klopfte in diesem Moment untrüglich an die Pforte Ihrer Seele.

Innere Leere, ihre wohl hartnäckigste Begleiterin.

Seele, die große Unbekannte, die PI-Zahl unserer Existenz.

Zahlen, die äußeren Formen von Atomen und Energien, die durch den zeitlosen Raum strömen.

Atome, Lebenszeichen der Schöpfungskraft?

Gott, die unfassbare Instanz hinter der Zeit und die unerreichbare Quintessenz allen Seins, verschollen in den Tiefen des Raumes.

Wo war er, wenn man ihn brauchte?

In diesem Moment der Trauer und Leere schlug der Verstand von Tiziana Purzelbäume.

Wer sagt uns, wer wir wirklich sind?

Ist der Mensch ein Roboter, fern gesteuert von einem 1oJährigen Jungen namens Gott, der das Spiel des Lebens beliebig beenden konnte?

Liebe? Etwas dass ihr immer wieder zu entgleiten schien.

Die dunkle Nacht begann sich wie ein blutsaugendes Insekt allmählich in ihr Innerstes zu fressen.

Die wachsende Hoffnungslosigkeit verstärkte diese grausame innere Leere, welche eigentlich schon seit Anbeginn Ihrer Tage darauf lauerte endlich ausbrechen zu dürfen.

Wie ein Virus, dessen Verlauf nicht zu bremsen war.

Tiziana zündete sich eine Zigarette an, sie konnte kaum mehr nach vollziehen, wie viele sie von diesen Dingern konsumierte, aber das war ihr mittlerweile egal, verdammt egal.

Die Uhr tickte weiter; in einem unaufhörlichen Rhythmus, den kaum wer begriff.

Das Schnurren der dösenden Katze verband sich mit dem Ticken der Uhr zu einer eigenartigen Symphonie, deren Melodie sie kaum zu trösten vermochte.

Die letzte Träne löste sich und bahnte sich ihren Weg über ihr hübsches Gesicht, wie die unzähligen Tränen zuvor.

Der blaue Dunst der Zigarette schwebte durch den Raum, während sie sich ein weiteres Glas Whisky einschenkte und drei Tabletten darin auflöste.

Mittlerweile gehörte sie zu jenen die in der Nacht wachten und sich deren stiller Grausamkeit ergaben.

Die Nacht, der kleine Bruder des Todes

Der Tod, eine weitere Gleichung, der große Unbekannte im Logarithmus des Seins.

Gott, Liebe, Tod – was kommt unter dem Strich heraus?

Wer ist der Minuend, wer der Subtrahend?

Das Schicksal, die strenge Mutter Oberin, deren Schläge sie kaum noch spürte.

Ihre große Liebe, der Mann ,der ihr Herz berührte wie noch nie jemand zuvor.

Dessen Blicke ihrem Herzen Flügel verliehen, dessen Worte ihre Seele streichelten, wie ein sanfter Sommerwind ein blühendes Sonnenblumenfeld.

Alles vorbei ?

Sie konnte und vermochte diese Rechnung nicht zu vollenden und war zu feige in diesem Moment eine Bilanz zu ziehen, ehe sie kurz darauf in einen tiefen Schlaf fiel.

Die Katze wusste über die Vergänglichkeit aller Dinge Bescheid, aber auch über die dunkle Nacht der Seele, welche einen von einem Augenblick zum anderen plötzlich ergreifen konnte.

Tiziana befand sich mitten darin.

Sanft schmiegte sich die Katze an den erschöpften Körper ihrer treuen Gefährtin und schnurrte eine beruhigende Melodie, in dem Wissen dass alles irgendwann vorüberging.

Wenig später überkam auch die Katze der Schlaf.

Im Raum war nur noch das Ticken der Uhr zu hören, sonst herrschte absolute Stille.

Es war finster wie eine Nacht nur finster sein konnte.

Das Wasser des Flusses peitschte an die Felsen und aus dem schwarzen Himmel strömten Regenbäche.

Ein kalter unbarmherziger Wind riss alles mit sich.

Tiziana lehnte an der Brücke, der Wind klatschte ihr das völlig durchnässte, lange Haar in das Gesicht.

Sie blickte noch einmal in die dunkle Leere und ehe ihr Zerstörungstrieb die Oberhand gewann entkam ihr ein tiefer Schrei, der wie ein Echo durch die Nacht hallte.

Dieser Schrei glich dem Todesschrei eines Gefolterten und entlud alles Leid, welches ihr jemals widerfahren ist.

Tiziana sank kraftlos auf die Knie.

Plötzlich war alles still in ihr und doch existierte in diesem einen Moment auch alles Leben in ihr dass wie eine Glut darauf wartete wieder vollständig entflammen zu dürfen.

Stille – kein Regen mehr, nur der rauschende Fluss, der alles gnadenlos mit sich riss.

„Hochwasser der Seele", dachte Tiziana, ehe aus den Nebeln des verdampfenden Regens ein Licht aufflackerte.

Schritte, bewusste, achtsame Schritte drangen an ihr Ohr und ehe sie sich umdrehte blickte sie in die Augen eines Unbekannten.

„Bist du der Todesengel?", fragte Tiziana, die am ganzen Leib zitterte und erschöpft zusammenbrach.

„Nein, ich bin Gabriel und als dein Schutzengel zurück gekehrt, mein liebes Seelenkind ", flüsterte der Engel, ehe er sie aufhob und auf seinen Armen in die Morgendämmerung trug.

Der erste Sonnenstrahl durchdrang die dichten Nebel, ein Falke kam vom Osten her und wieder einmal besiegte das Licht die Dunkelheit.

So war es und wird es immer sein.

Kurz nach Sonnenaufgang erwachte die Katze, eine unsichtbare Hand hatte sie soeben gestreichelt und sanft gekrault, die Luft duftete nach frischen Rosen

Tiziana schlief tief und atmete ruhig.

Die Uhr hörte auf zu ticken und sanftes Morgenlicht drang durch das geschlossene Fenster in den Raum.

Die Katze sprang auf das Fenstersims und sah einen Mann, der einen Trenchcoat trug und seinen Hut zu Recht rückte.

Er warf noch einen letzten Blick zum Fenster im 2. Stock und lächelte der neugierigen Katze zu, ehe er sich umdrehte und im Sonnenlicht verschwand.

„Der Engel, endlich!" dachte die Katze und freute sich sehr.

Tiziana streichelte die Katze, sie erwachte so eben, ihr Blick war verklärt und sie schaute mit einem sanften Lächeln zum Fenster hinaus.

Sie fühlte sich, als hätte sie hundert Jahre geschlafen.

Langsam tauchten bruchstückhafte Erinnerungen an einen sehr lebhaften, intensiven Traum auf.

Tiziana erwachte an diesem Morgen in dem Wissen, dass Liebe viel stärker ist als der Tod und ihr in dieser besonderen Nacht das Geschenk eines neuen Lebens zu Teil wurde.

Der Falke saß auf einem Gipfelkreuz und erwartete den Engel.

„Das hätte böse ausgehen können, dieses Mädchen ist doch von allen guten Geistern verlassen und er, mein Schützling, ein introvertierter Freak, der freiwillig in einen Krieg zog. Freiwillig, so etwas muss man sich erst mal vorstellen, in Zeiten wie diesen!

Die beiden sollen Seelenkinder sein?! Schwer depressive Menschen mit potenzieller Suizidneigung sind sie. Seelenkinder, geboren aus dem Herzen unseres Schöpfers, lachhaft, dieser Gabriel muss sich geirrt haben. Aber welcher Engel kehrt schon freiwillig aus dem Ruhestand zurück um solche Wahnsinnigen zu

hüten, verrückt." dachte der Falke und putzte sich sein Gefieder.

" Aron, hüte deine Zunge, deine Gedanken sind in einem Umkreis von 50 km wahrnehmbar!;" schimpfte der Engel und lehnte sich erschöpft an das Gipfelkreuz.

" Gott sei Dank, sie ist wieder halbwegs stabil," seufzte Gabriel und nahm seinen Hut ab.

„Entschuldigung Gabriel, so habe ich das nicht gemeint, ich habe sie doch beide sehr gerne, wenn sie nur nicht immer so kompliziert wären.

„Bist du dir sicher, dass sie sich hier auf Erden begegnen sollen? Was ist wenn sie sich verlieben?"

Die Katze hat mir einiges über Tiziana erzählt sie kann ihre Gefühle schwer ausdrücken, bitte bedenke das".

„ Lieber Aron, ich wollte die beiden einst zur Erde bringen und ich schwor mir das Lächeln meiner lieben Seelenkinder zu hüten, glaub mir, alter Freund, mich schmerzt jede Träne, die die beiden vergießen.

Im tiefsten Herzen wissen sie wo sie wirklich zuhause sind, darum die Todessehnsucht.

Tiziana suchte Raphael unbewusst in anderen Männern und er weiß noch gar nicht, dass sie es ist, die er sucht.

Doch ich werde alles tun, damit sie sich begegnen, das Lächeln meiner Seelenkinder möchte ich in meinem Herzen wieder hören .Die ganze Welt soll es hören, dann gibt es auch keine Kriege mehr.

 Es kommt nämlich eine neue Zeit und es werden sich in den nächsten Jahren noch sehr viele Seelenkinder begegnen und ihr Lächeln wird diesen geschundenen Planeten samt deren Bewohner heilen.

Nun, mein gefiederter Freund, genug der schönen Worte, wir müssen aufbrechen, man erwartet uns noch vor Sonnenuntergang im nahen Osten,“ seufzte Gabriel, ehe er seine neuen Flügel ausbreitete und gemeinsam mit dem Falken Aron von dannen zog.

„Schön, deine neuen Flügel", schmunzelte der Falke und folgte mit nur wenigen Flügelschlägen seinen himmlischen Herren.

Tagebuchauszug, Dr.med. Raphael A. ,Ärzte ohne Grenzen, Aufenthaltsort: tiefste Hölle,Flüchtlingslager345/10 .

Tagsüber schlachten sie ihre Kinder, töten ihre Nachbarn und verraten Freunde. Mütter trauern um ihre Kinder, schreien sich die Seele aus dem Leib und keine Medizin der Welt kann diesen Frauen ihren tiefen inneren Schmerz nehmen.

Überall ist Blut, Blut, Blut, Blut.

Aber es ist Krieg, ein Krieg den nie jemand gewinnen wird, in den Köpfen der Menschen ist Krieg und in ihren Herzen pure Verzweiflung und Angst, sonst gäbe es diesen Krieg nicht.

Ich sehe täglich die Hölle, die sich der Mensch selbst schafft. Ich sehe aber auch den orientalischen Sternenhimmel, hier sind die Sterne der Erde näher als sonst wo.

Der Anblick des Sternenhimmels lässt mich für wenige Augenblicke diese irdische Hölle vergessen, erinnert mich an ein fernes

Zuhause,………ich…atme für wenige Minuten Sternenlicht und schwebe im Geiste fort.

„ Auf den Flügeln eines Falken bin ich neulich Nacht in einer Traumwelt erwacht, ich hörte Töne erklingen, die auf Erden nie schwingen, sah Gebirge aus Kristall und einen leuchtenden türkisen Silberwasserfall, erblickte tanzende Delphine in einem Meer aus Licht und horchte den Worten des Falken ganz erpicht. Auf diesem Flug durch die Nacht ist meine Seele erwacht."

„Setz dich auf meinen Rücken Aron, wir müssen uns beeilen, er darf nicht sterben!" rief Gabriel dem erschöpften Falken zu.

„Nur weil du ein Engel bist, brauchst du nicht glauben, dass du besser fliegen kannst", rief der Falke und atmete schwer.

Die Nacht war bereits angebrochen, der Engel und der Falke hatten Europa hinter sich gelassen und Gabriel wusste, wie gefährlich es in den Wüsten allgemein war, nicht nur auf Grund, der aktuellen Kriegshandlungen, sondern wegen der gefallenen Engel, die in den Wüsten der Erde ein adäquates Zuhause gefunden haben und dort schon seit tausenden Jahren ihr Unwesen treiben..

„ Auf deine Eitelkeit kann ich jetzt keine Rücksicht nehmen, ich muss dich vor den gefallenen Engeln schützen, wenn sie nicht gerade einen Krieg anzetteln , beginnen sie wieder irgendwo eine Religion zu organisieren, damit die Menschen sich erneut erschlagen, töten und bekriegen.

Sie ernähren sich von den Ängsten und den Gehässigkeiten der Menschen, das hat unser Schöpfer nicht gewollt.

 Kommuniziere jetzt in deinem Geist mit mir, setze dich, befolge meine Anweisungen und meide jeglichen negativen Gedanken, sonst orten sie uns. Vertraue mir, Aron".

Der Falke gehorchte während Gabriel die Schwingungen von Raphael bereits fühlen konnte:

"Ein schönes Gedicht, er erinnert sich an sein Leben in Atlantis," dachte der Engel und peilte mit Höchstgeschwindigkeit sein Ziel an, er konnte Raphaels Energiefeld spüren, roch aber gleichzeitig den Gestank der Gefallenen und hörte das Geschrei der Terroristen, die ihm im Grunde leid taten, da sie auch nur Opfer der gefallenen Engel waren.

Raphael zitterte am ganzen Leib, es war nicht unbedingt angenehm den Lauf eines Sturmgewehres im Nacken zu spüren und gleichzeitig klaffende Fleischwunden zu zunähen.

Eiskalter Schweiß drang aus jeder Pore seines Körpers.

Die Aura des nahenden Todes fühlte sich kalt und modrig an, früher wollte er oft sterben, weil er in diesem Leben lange Zeit keinen Sinn für sich entdecken konnte, doch je länger er die Waffe an seinem Körper spürte, desto mehr schämte er sich, das er sich in so mach dunkler Stunde für das Leben nicht begeistern konnte.

Er dachte an seine Eltern, die es nur zu oft sehr gut mit ihm meinten und im Angesicht des Todes begann er seinem Vater zu verzeihen, dass er seine Mutter verlassen hatte, begann sich selbst zu vergeben.

Plötzlich spürte er Frieden, dieser Frieden breitete sich in seinem Herzen aus, der Mann mit der Waffe, noch ein halbes Kind und der Rebell mit den zahlreichen Wunden dürfte auch noch keine 18 Jahre alt sein.

Raphael empfand Mitgefühl für diese vom Krieg gezeichneten jungen Menschen, während Gabriel im Lazarett landete und mit dem Schutzengel des Bewaffneten geschickt verhandelte.

Der Falke umkreiste das Lager, stieß laute Schreie aus und die Soldaten flüchteten blitzartig aus dem Behandlungszelt.

Raphael atmete tief durch, seinen Tod noch vor Augen und erschrak zutiefst, als plötzlich dieser Mann im Trenchcoat neben ihm erschien.

„Deine Zeit hier ist beendet, verlängere deinen Dienst nicht und komm nach Hause, dein Leben wartet auf dich." flüsterte Gabriel.

So schnell dieser Mann vor seinen physischen Augen erschien, ebenso blitzartig verschwand er auch wieder.

Neben Raphael nahm der Falke Platz, er streichelte dankbar den Kopf des Tieres, immerhin hat er ihm das Leben gerettet und jetzt würde er seines retten, indem er ihn zu sich mit nach Hause nahm.

Der Engel verabschiedete sich wortlos vom Falken .

Raphael war in Sicherheit und wird in wenigen Tagen zu Hause sein, der Auftrag war erledigt.

Raphael hatte nie wirklich geglaubt, doch jetzt war er sich sicher, dass es Engel gab, die unermüdlich ohne Mühen zu scheuen, ihre Menschen schützten.

Ehrfurcht breitete sich in ihm aus und langsam keimte in ihm eine Erinnerung auf, den irgendwie kamen ihm die Augen dieses Mannes, Engel, Schutzgeist oder wie auch immer sehr bekannt vor.

„Du hattest eine Halluzination auf Grund deiner Angst," meinte sein Vorgesetzter in den frühen Morgenstunden.

„ Aber du bist ohnehin schon zu lange in dieser Wüste und dein Vertrag wäre sowieso in den nächsten vier Tagen ausgelaufen.

Komm wieder zu Kräften, du bist ein tüchtiger Bursche.

Aber meine Zeit ist auch bald um, dann können andere in dieser Hölle schuften, das sage ich dir."

Der Kameltreiber wartete auf eine günstige Stunde.

Die Kamele ruhten und der Karawanenführer erholte sich von den Strapazen.

Langsam schlich er sich vom Lager weg und begann einen schwarzen Stein, den er immer bei sich trug zu besprechen.

„Azazel, hast du mich erschreckt,……."

Der Kameltreiber verbeugte sich vor dem großen gefallenen Engel, der Anzug und Krawatte trug und seine schwarzen Flügel ausbreitete.

„Was willst du? Knecht,…"

„Azazel, ich glaube in der Nacht den Engel Gabriel gesehen zu haben, jedenfalls war es ein Himmlischer, ein Großer."

„ Bist du dir sicher, Gabriel, dieser alte Chaot, der hat es nicht einmal geschafft den Sprössling vom Alten annähernd unauffällig nach Betlehem zu bringen, ha und wegen sowas rufst du mich!"

„ Herr der Dunkelheit, Meister, bitte vergib mir, doch etwas ist geschehen, ich komme doch nur als ihr ergebener Diener, meinen Pflichten nach."

„Lass es gut sein, halte Augen und Ohren weiter offen, bei Gelegenheit werde ich mich darum kümmern und jetzt verschwinde!"

Demütig schlich der Mann davon, ehe Azazel im Nichts verschwand.

Tiziana erwachte durch einen krächzenden Laut aus einem Traum, den sie schon wieder vergessen hatte, ehe sie ihre Augen öffnete.

Schwerfällig erhob sie sich aus ihrem Bett, die Katze schlief tief und fest in ihrem Körbchen.

Tiziana öffnete das Fenster und atmete begierig die frische Morgenluft, die bereits den Herbst ankündigte und erblickte plötzlich den Verursacher des Lautes, der unter dem Apfelbaum kauerte.

Tiziana sah einen großen, beigen Vogel und zog ohne lange nach zu denken ihren Morgenmantel über und machte sich sofort auf den Weg nach draußen, ehe der Hund ihrer Großmutter den gefiederten Gesellen entdecken würde.

Tiziana näherte sich dem Vogel respektvoll, da sie ihn bei näherem Hinsehen als Falken erkannte und es war allgemein bekannt, das mit diesen Wesen nicht zu spaßen war, da hätte auch der Rüde Joker seine liebe Not gehabt.

Doch der Falke war schwach, seine Laute klangen wehmütig und seine Gesichtszüge wirkten so gar nicht wie die eines Raubvogels.

Mit sanften beruhigenden Worten und ein wenig Herzklopfen hob Tiziana den Falken vorsichtig hoch, dieser blickte ihr sehr tief in die Augen und ließ sich von ihr widerstandslos in das Haus bringen.

Der Falke kannte die Menschen und vermochte tief in deren Seelen zu blicken.

Sein rechter Flügel schien verletzt zu sein und als sich die Blicke der beiden erneut trafen, kamen in Tiziana kurze ,bruchstückhafte Erinnerungen aus ihrem Traum hoch, welcher sich an einem Ort in einer ganz anderen Zeit abspielte, in der sie sich unerklärlich geborgen fühlte.

In der Küche duftete es nach gebackenem Brot und nach frisch gemahlenen Kaffee.

Anna Sandgraf, die Großmutter von Tiziana staunte nicht schlecht über den Gast ihrer Enkelin, da ihr zumindest bis heute noch nie ein Falke in der Gegend aufgefallen war.

Tiziana bettete den erschöpften Falken in eine große Schachtel mit Stroh und nahm ihn mit in die Küche.

„ Guten Morgen Tizia, welch ein Prachtkerl ist da bei dir gelandet?", schmunzelte Oma Anna und stellte ein großes mit Konfitüre gefülltes Glas auf den Tisch.

„ Keine Ahnung Omi, ich fand ihn vor kurzem unter dem Apfelbaum, aber der Flügel sieht nicht sehr gut aus, vielleicht kannst du etwas machen. Ich fütterte ihn bereits mit Schinken, der schien ihm geschmeckt zu haben."

Tiziana schenkte sich eine Tasse Kaffee ein, während sie den Kopf des Falken sanft kraulte.

Anna war erstaunt über diesen ungewöhnlichen Falken.

Seine Gesichtszüge konnte man durchaus als sanft, weise und gleichzeitig auch als majestätisch bezeichnen.

„Es ist zwar gegen alles ein Kräutlein gewachsen, aber der Vogel scheint vorerst mehr Ruhe zu benötigen." meinte Oma Anna, die den Vogel mit ihrem fachmännischen Kräuterfrauenblick musterte und mit ihrer besonderen Intuition plötzlich spürte, dass dieser Vogel ein besonderer Bote war.

Die Großmutter von Tiziana war für ihr Kräuterwissen weit über das Tal hinaus bekannt und hatte trotz massiver Proteste ihres verstorbenen Mannes die Zeichen der Zeit rechtzeitig erkannt.

Sie schuf aus den Wiesen und Feldern des ehemaligen Bauernhofes einzigartige Heilkräutergärten.

Täglich wurde etwas geerntet, getrocknet, verarbeitet, verpackt und zu zahlreichen Apotheken und Kosmetikherstellern des Landes versandt.

Anna Sandgraf baute ein gutgehendes Unternehmen auf und konnte dadurch für zahlreiche Frauen des Tales gute Arbeitsplätze schaffen.

„Wie du meinst Oma, ich fotografiere ihn und schreibe die Nummer seiner Ringes auf, wenn ich in die Stadt fahre, gehe ich zur Polizei und melde ihn dort, denn soweit ich informiert bin haben Falken wie er Besitzer."

„Gut, dann frage ich einmal beim Tierarzt an ob er im Laufe des Vormittages vorbei kommen kann."

„Danke Omi."

Tiziana trank noch einen Schluck Kaffee und verabschiedete sich von Ihrer Großmutter mit einem Kuss, um sich rasch auf den Weg in die Stadt zu machen.

Anna blickte ihrer Enkelin etwas besorgt nach, das Mädchen hatte in den letzten Monaten einiges durchgemacht.

Die alte Dame spürte das Tiziana noch nicht ganz glücklich war und auch ihren wahren Weg noch nicht gefunden hatte.

Oma Anna machte die Küche sauber und zündete dann, wie jeden Morgen ,eine überdimensionale, cremefarbene Kerze an die mit fremden Schriftzeichen versehen war, um sich anschließend ihrem täglichen kontemplativen Gebet zu widmen.

Der Falke beobachtete die fremde Frau während ihrer stillen Kommunikation mit dem Schöpfer.

Mit geschlossenen Augen murmelte sie aramäische Worte ehe sie sich vollends in die Stille der Kontemplation zurückzog.

Aron erblickte ein sanftes weißes Licht im immer noch schönen Gesicht der alten Frau, welches von Güte und Ehrlichkeit gezeichnet war.

Leider sah Aron auch den Schatten über ihrer linken Schulter, er wusste das sich Annas Zeit auf Erden langsam aber sicher dem Ende zuneigen würde.

Während dessen streifte Asrai rast-und ruhelos durch die Lüfte und stieß ununterbrochen Laute der Verzweiflung aus.

Seit drei Tagen suchte sie ihren Gefährten Aron vergeblich.

Instinktiv spürte die Falkendame, das Aron noch am Leben war, aber Hilfe brauchte.

Traurig über die erneut fehlgeschlagene Suche setzte Asrai zum Landeflug an.

Den ausgestreckten Arm ihres Herren konnte sie schon sehen, doch die Lust auf den angebotenen Leckerbissen war ihr vergangen.

Raphael spürte Asrais Trauer, doch ihm fehlten in diesem Moment einfach die Worte um das traurige Tier zu trösten.

Sanft kraulte er sie am Hals, an und für sich hatte sie das recht gerne, doch mit dieser Geste konnte er sie heute keinesfalls beeindrucken.

Raphael kam mit Aron vor einem halben Jahr aus dem nahen Osten zurück.

Asrai erwarb er wenige Wochen nach seiner Ankunft.

Das Verschwinden von Aron beunruhigte ihn, das passte ganz und gar nicht zu diesem klugen Vogel, der wie ein Bruder für ihn war.

„Komm Kleines, wir fahren nach Hause und suchen in den frühen Abendstunden weiter." seufzte Raphael und setzte Asrai in ihren Transporter.

Er startete kurz darauf den Geländewagen, den er sicher durch die kurvige Bergstraße lenkte.

Auf dem Display seines Handys erschienen zahlreiche Anrufe in Abwesenheit.

Die erhofften Anrufe vom Förster und der Polizei blieben leider aus.

Raphael war sehr nervös, in seinem empfindlichen Magen tobten die Nerven.

Die Angelegenheit belastete ihn.

Der Engel Gabriel saß ruhig und besonnen am Rücksitz und freute sich das alles planmäßig verlief.

Als diese leidige Beziehung ihrer Enkelin sich dem Ende zuneigte, träumte Anna mehrere Nächte hintereinander, das Tiziana ziellos durch die Straßen der Stadt lief.

Dabei wurde die alte Frau das Gefühl nicht los, dass etwas passiert sein musste. Denn die Botschaften ihrer Träume waren immer klar.

Insgeheim war Tiziana froh über das überraschende Auftauchen ihrer Großmutter, sie selbst wäre damals zu stolz gewesen, sie um Hilfe zu bitten.

Diese gescheiterte Beziehung brachte sie gehörig durcheinander.

Loslassen war nicht unbedingt ihre Stärke, doch sie war sich jetzt gar nicht mehr so sicher ob sie mit ihm überhaupt so glücklich geworden wäre wie sie anfangs geglaubt hatte.

Tiziana erledigte noch einige Besorgungen in der Stadt, ehe sie das Polizeirevier aufsuchte um den Fund des Falken zu melden.

Eigentlich hätte sie noch Lust gehabt in einem Cafe eine Tasse Cappuccino zu trinken, die milde Herbstsonne lud einem dazu zu ein, doch dies war ihr endgültig vergangen, als ein Polizist den Falken im Protokoll als „Gegenstand "bezeichnete.

Vorerst hatte sie genug von dieser Gesellschaft und wollte nichts mehr als raus aus dieser Stadt, in der sie ihrer Meinung nach schon viel zu lange gelebt hatte.

Mit Sicherheit entdeckte sie heute Morgen in den Augen des Falken mehr Seele und Gefühl, als in den Augen dieser abgebrühten Menschen.

Gabriel wachte eine Zeit lang über Arons Schlaf.

„Na, alles in Ordnung?", fragte er Aron, der soeben erwachte.

„Mhm, Gabriel, wo kommst du so plötzlich her?" gähnte der Vogel

„Von Raphael, er und Asrai suchen dich überall und da du im richtigen Garten gelandet bist, werden meine Seelenkinder einander bald begegnen."

„Gabriel, sei ehrlich, was steckt wirklich hinter diesem Mythos der Seelenkinder?"

„Kennst du Plato, den griechischen Philosophen?

Er schrieb in seinem Symposion über die Kugelwesen, welche sich sehr liebten und einander genügten, so dass sie dadurch den Neid der Götter erweckten.

Eigentlich waren es die gefallenen Engel, aber es ist nicht sonderlich schwer auf der Erde als Gott anerkannt zu werden.

Jedenfalls wurden diese Kugelwesen getrennt.

Seither irren die Seelen von Leben zu Leben und suchen einander, da sie ursprünglich eine Einheit waren.

Alle Seelenkinder waren einst solche Kugelwesen.

Sie sind uralte Seelen, die den Untergang von Atlantis noch erlebten.

Jedenfalls hat unser liebevoller Schöpfer allen Seins irgendwann beschlossen, dass diese Seelen wieder zusammen sein sollten, aber auf Erden.

Damit durch ihre Herzschwingungen, der Planet Erde wieder in den ursprünglichen heilen Zustand zurück versetzt werden kann."

„ Aber warum erst jetzt? Die Sache mit den gefallenen Engeln und der Untergang von   Atlantis, das ist doch schon ewig her." meinte Aron

„Weißt du, mein gefiederter Freund, in unserer Welt gibt es so etwas wie Zeit prinzipiell nicht.

Die Zeit ist eine Institution die den Menschen eine Struktur bietet, doch wenn alles wieder zu seinen ursprünglichen Zustand, dem Schöpfungsgedanken, zurückkehrt, werden die Erdbewohner nicht mehr vom Konzept der Zeit abhängig sein." erklärte Gabriel

„Ist das der Grund, warum die Zeit schon seit Jahren so schnell verrennt?"

„Ja, Aron, das hast du gut beobachtet, darum müssen die Seelenkinder wieder zueinander finden."

„Das wird aber den gefallenen Engeln nicht besonders schmecken." meinte Aron.

„Das ist wahr, natürlich versuchten sie es immer wieder, wenn sie Seelenkinder identifizieren konnten deren Bestimmung zu vereiteln, was ihnen zum Teil auch gelang.

Aber die Macht der Gefallenen zerfällt, das erhöhte Schwingungsfeld der Mutter Erde lässt deren Machenschaften auf Dauer nicht mehr zu."

„Wenn der Schöpfer allen Seins, so mächtig ist, wenn ihm alle Götter unterstehen, dann wäre es

doch ein Leichtes gewesen, diese Gefallenen zu…,
du weißt schon,…"

„Aron, es gibt keinen rachsüchtigen Gott, das ist
auch wieder so eine Erfindung unserer berühmten
Freunde und deren Priesterschar, welche sie
erfolgreich infiltrierten.

Der Schöpfer urteilt nicht , er liebt, die Erde ist der
wunderbarste und schönste Planet, ein Meisterwerk
der Schöpfung, ein Mosaikplanet auf dem man alle
Landschaften, Gegebenheiten und Lebewesen
sämtlicher Universen, die der Schöpfer jemals schuf
,in Miniaturform wieder findet .

Ein atmendes Lebewesen ist dieser Planet, gezeugt
durch die Liebe die den Schöpfer allen Seins mit der
Göttin, der großen Mutter verbindet." schwärmte
Gabriel.

„Gut, das wird mir jetzt zu viel, aber es wird schon so
sein, wie du sagst." antwortete Aron etwas genervt.

„Noch etwas, die Gefallenen hätten es fast
geschafft, dass sich Tiziana und Raphael auf Erden
niemals begegnet wären und das konnte ich nicht
einfach so zulassen.

Meine Seelenkinder leiden zu sehen, das hätte ich
nicht ertragen, glaube mir."

Der Engel verabschiedete sich vom Falken, er hörte die Schritte der Großmutter, bei ihr war er sich nie vollkommen sicher, ob sie ihn nicht auch im Tarnkleid wahrnehmen, wenn nicht gar sehen konnte.

Die Krähe spähte durch das gekippte Fenster und horchte dem Engel und dem Falken aufmerksam zu.

Tizianas Katze, Rochelle, bog um die Hausecke und erschrak zutiefst, als sie die Krähe sah.

Die Krähe flüchtete augenblicklich, während der Engel das Haus verließ.

„Raym!! Das darf nicht sein, nein!!!!" schrie Rochelle und lief schnurstracks in das Haus.

„Aron,…..", keuchte sie, „Wir sind alle in Gefahr!!!! Ich habe so eben Raym gesehen, die Krähe, die dreißig Legionen von Dämonen befehligt.

Sie werden Tiziana und Raphael vernichten wollen, wir müssen es verhindern!"

„Ich wusste dass es Schwierigkeiten geben wird, ich wusste es." fluchte der Falke und begann eifrig nach zu denken.

Raphael saß in der Küche der alten Dame und ließ sich den Kräutertee schmecken, er war sehr erleichtert, das Aron wohl auf war und Oma Sandgraf sich hingebungsvoll um seinen Falken kümmerte.

Er empfand es als sehr angenehm mit Anna über Gott und die Welt zu sprechen und in ihm breitete sich ein Gefühl der Geborgenheit aus, es schien als wäre er nach langer Zeit nach Hause gekommen.

Ehe er auf die Idee kam mit dem Falken auf zu brechen und sich noch einmal bei Oma Anna zu bedanken, öffnete sich die Küchentür.

Sein Herz schlug plötzlich heftig, als er in die schönsten blauen Augen blickte, die er jemals gesehen hatte.

Tiziana erschrak, als sie in die leuchtenden Augen dieses Mannes sah, ihr fehlten die Worte und tausende Gedanken, die sie kaum zu ordnen vermochte ,brachen wie ein Wasserfall über sie ein.

Er versank in ihren Augen. Es war ein unglaublicher Moment in dem selbst die Erde still zu stehen schien.

Niemand brachte in diesem einzigartigen Augenblick nur eine einzige Silbe hervor, selbst dem Falken stand der Schnabel offen.

Es herrschte Stille, absolute Stille.

Tagebuchauszug von Raphael:

„Im Lichtermeer Deiner Augen versinken, in deinem Herzen vor Liebe ertrinken

Deinen Atem spüren, dich als Seele berühren

Dich in den siebten Himmel entführen und in den Seelengärten zu unsterblicher Liebe verführen."

Es ist Wahnsinn, ich konnte ihre Gedanken in mir hören, ich wusste, dass sie Tiziana heißt, ehe sie mir von ihrer Großmutter vorgestellt wurde.

Es ist als würden wir uns schon seit Anbeginn der Tage kennen, es ist kaum zu glauben!

Langsam werde ich verrückt, ich muss ununterbrochen an sie denken, ich bin so glücklich wie noch nie und war in meinem bisherigen Leben noch nie so verliebt.

Mir fehlen die Worte, es ist so viel mehr wie „nur verliebt sein".

Verrückt!

Vor einem halben Jahr schuftete ich Tag und Nacht in der Hölle und heute habe ich in den Augen von Tiziana den Himmel gesehen.

Tiziana stand am Balkon und rauchte bereits die fünfte Zigarette.

Sie war nervös und aufgeregt.

Sein Blick und dann diese Augen, auch sie konnte nicht aufhören an ihn zu denken.

Nein, sie durfte sich nicht noch einmal so verlieben, ihr Herz wurde bereits gebrochen.

Sie konnte und wollte nicht mehr leiden.

Sie musste endlich ihr Studium beenden.

Sie atmete tief durch, doch ihr Herz sagte etwas ganz anderes.

Die Katze hatte es sich in der Zwischenzeit auf dem Tisch am Balkon bequem gemacht.

Es schien als würde sie dösen, doch ihre 9 Sinne liefen auf Hochtouren, kein Dämon würde es wagen hier aufzutauchen solange sie hier die Stellung hielt.

Rochelle hatte schon einige ihrer Leben verbraucht und war als erfahrene Dämonen Jägerin bekannt.

Tiziana ging endlich zu Bett, während die Katze weiterhin wachte.

Wenige Minuten später spitzte Rochelle ihre Luchsohren, die ihrer Rasse eigen war, sie vernahm einen besonderen wohlbekannten Duft.

„Bastet, große Katzengöttin, aus dem ägyptischen Land.

Welche Ehre, was führt dich in dieser Stunde zu mir." fragte Rochelle die wunderschöne dunkle Katze, die mit ihren großen, smaragdgrünen Augen und einem goldenen Diadem um den Hals plötzlich erschien.

„Eine wichtige Mission, liebe Rochelle. Rufe deine Kameraden, mit denen du einst den Wagen der Göttin Freya gezogen hast und bereitet euch auf einen wichtigen Kampf vor.

Alle Katzen der Umgebung werden die zwei Seelenkinder hüten, sie bewachen die Energiefelder der beiden Tag und Nacht, doch du ‚Freya Katze, reise mit deinen alten Freunden im Streitwagen der Freya Richtung Nordwesten und halte die Boabhan Sith auf."

„ Wie bitte!?", fragte Rochelle entsetzt.

„Du hast richtig gehört, die Boabhan Sith, ist im Auftrag des Azazel hierher unterwegs."

„Das Vampirweib existiert noch! Ich fasse es nicht."

„Leider, sie ist die letzte ihrer Art und du weißt, dass sie Expertin darin ist, wenn es darum geht Männern den Lebenssaft auszusaugen.

Jedenfalls arbeitet sie im Auftrag des Azazel, er will Raphael und Tiziana, er will die Essenz ihrer Herzen, er will die totale Apokalypse und glaubt wie einst Luzifer, die Schöpfung besiegen zu können."

„Wir müssen den Engel Gabriel und die beiden Falken einweihen, das schaffen wir Katzen alleine nicht."

„Das ist richtig, ihr Freya Katzen könnt die Boabhan Sith aufhalten, doch um Azazel und Ryam endgültig das Handwerk zu legen bedarf es größerer Streitkräfte", meinte Bastet.

Gabriel und Aron kamen in diesem Moment wie gerufen.

„Welche Ehre, große Katzengöttin, dich zu sehen", sagte Gabriel und zog seinen Hut.

„Aron hat mir bereits erzählt, das der Krähendämon Ryam hier war und die gefallenen Engel über die Existenz der beiden Seelenkinder Bescheid wissen

.Ich habe deine Gedanken gehört, große Bastet und danke dir und den Katzen für eure angebotene Hilfe.

Die Legion des Erzengel Michaels weiß Bescheid und ist auf dem Weg um erneut gegen die Gefallenen zu ziehen."

„Asrai und ich werden mit allen Falken gen Süden ziehen und gegen die Krähen Dämonen kämpfen." meinte Aron

Rochelle seufzte und schüttelte den Kopf.

„Das klingt nach Krieg und Apokalypse, ist es nicht so das Azazel darauf gewartet hat?

Spielen wir ihm so nicht in die Hände, es wird Opfer geben und ich frage mich ernsthaft ob es richtig ist erneut einen Krieg zu schüren.

 Ich erinnere mich noch an den letzten Krieg der Engel, sei ehrlich Gabriel, der Krieg der Himmlischen gegen die Gefallenen, war das grausamste Spektakel aller Zeiten.

 Dagegen sind alle Kriege, welche die Menschheit jemals geführt hat harmlose Balgereien. Das können wir der Erde nicht zumuten und die Theorie der Apokalypse entspringt doch auch nur Azazels kranken Gehirn."

„Du bist sehr klug, Freya Katze, das hast du absolut richtig erkannt, wir müssen mit anderen Mitteln

arbeiten, was meinst du, großer Engel?" sprach
Bastet.

„Rochelle hat recht, doch zur Sicherheit schlage ich
vor, dass die Falken den südlichen Luftraum
beobachten und die Freya Katzen die Ankunft der
Boabhan Sith verhindern.

 In nur wenigen Wochen rotiert die Erde in ein neues
Zeitalter und dann hat Azazels Herrschaft ohnehin
ein Ende.

Die beiden müssen zusammen kommen und
erkennen, wer sie wirklich sind, wenn ihre Seelen
eins sind, wird das alles nicht geschehen". sagte
Gabriel.

„So sei es. doch vorher müssen wir das gebrochene
Herz von Tiziana heilen, damit sie sich auf Raphael
einlassen kann, ich habe vorhin ihre Gedanken
gehört und diese haben mich schockiert." sprach
Rochelle.

„Wusste ich es doch!", fluchte der Falke. „ Raphael
hat erstaunliche Fortschritte gemacht, er kann sich
wirklich auf sie einlassen, aber dieses Mädchen hat
immer noch Todessehnsucht!"

„Sei nicht so hart, Falke !" schimpfte die
Katzengöttin.

„Tiziana war im alten Ägypten meine treueste
Dienerin, eine Priesterin, die meinen Tempel hütete.

Ihren chronischen Liebeskummer zog sie sich damals zu, weil der herrschende Pharao sie als seine Mätresse benutzte und ihre Liebe missbrauchte.

Ich wünschte ich hätte besser auf sie geachtet, doch der Pharao jener Zeit war der Sohn eines Gefallenen, seine Energien trägt sie heute noch in ihrem kausalen Körper und leider hat sie auch noch eine unbewusste Verbindung zu ihm, darum die Todessehnsucht!

Ich schäme mich wirklich, das ich nicht besser auf sie geachtet habe und ich bin auch gekommen um ihr Herz zu heilen, und sie von ihm zu lösen." sprach die Göttin.

Tiziana erwachte am nächsten Morgen, sie hatte Raphaels Bild vor Augen, welches sie sogleich wieder verbannte.

Treuherzige Blicke konnten sie ab sofort nicht mehr verzaubern.

„Männer sind was sie sind, Jäger, immer auf der Suche nach weiblicher Beute;" dachte sie.

Sie hatte genug von den Männern, endgültig.

Es war ein ungewöhnlicher Tagesbeginn, die Sonne schien,

kein einziger Singvogel war zu hören und zahlreiche Katzen schlichen um das Haus.

Gelegentlich kreisten mehrere Falken um das Grundstück und selbst in den Feldern und Kräutergärten befanden sich jede Menge Katzen.

Schwarze Katzen,Glückskatzen,Tigerkatzen,Waldkatzen,Perserkatzen,Karthäuserkatzen und streunende Katzen saßen friedlich nebeneinander.

Tiziana war plötzlich sehr fröhlich und eifrig damit beschäftigt alle Samtpfoten mit Milch und Nahrung zu versorgen.

Der Hund zog sich leicht gekränkt in seine Hütte zurück und Oma Anna machte sich Sorgen darüber, dass kein einziger Teller mehr in der Küche zu finden war und die unzähligen Katzen ihre Geschäfte in den Kräutergärten verrichten würden.

Auf der Hausbank saß eine schwarze Katze mit einem Halsband aus purem Gold.

Anna hatte noch nie in ihrem Leben ein so edles und schönes Tier gesehen.

Das Fell dieser Katze war, wenn man es genau betrachtete nicht schwarz sondern nachtblau und aus ihren besonderen Augen strahlte der Geist des alten Ägypten.

„Mach dir keine Sorgen, gute Frau, ich und die meinen achten deine Kräutergärten und verunreinigen sie nicht, wir bleiben auch nicht lange und danken für die Gastfreundschaft." dachte die Katze.

Anna hörte die Gedanken dieses Wesens und streichelte der Katzengöttin den Kopf.

Etwas ganz besonderes und einzigartiges schien sich hier abzuspielen.

Zuerst der Falke, dann der Besitzer des Falken, den Tiziana schlicht weg den Kopf verdrehte und jetzt diese Herrscharen von Katzen.

„Unglaublich, manchmal glaube ich in einem falschen Film zu sein, "sagte Oma Anna und lachte.

„Lach nur, liebe Frau, dachte die Katze, das ist gesund für dein Herz und verlängert dein Erdendasein." während sie sich zusammen rollte und ein gemütliches Schläfchen in der Herbstsonne genoss.

Gabriel entspannte sich unter dem Gipfelkreuz und fühlte, dass Rochelle mit den anderen Freya Katzen und dem göttlichen Streitwagen bald zurück sein würde.

Unter dem Kreuz lag ein leuchtendes Amulett, versehen mit dem Hoheitszeichen der göttlichen Blaupause.

Das Zeichen des Schöpfers allen Seins.

Ein Symbol, von dem kein einziges Wesen auf der Erde eine Ahnung hatte, dass es überhaupt existierte.

Gabriel fühlte sich geehrt.

Dieses Amulett ist nämlich mächtiger als das Schwert des Erzengel Michaels.

Das Zeichen der göttlichen Blaupause hat die Macht den ursprünglichen Schöpfungsplan zu erwecken, die perfekte göttliche Essenz aus allem und jedem heraus zu holen.

Gabriel war sich bewusst welche Verantwortung er trug, er musste dieses Amulett hüten wie seinen Augapfel. Es war ein Segen und eine Waffe zu gleich.

Aron und Asrai bewachten ununterbrochen den gesamten südlichen Luftraum und vertrieben jede einzelne Krähe, die ihnen begegnete.

Sie beobachteten einige harmlose Störche und Schwalben, die in ihr Winterdomizil reisten und konnten bislang niemanden entdecken, der annähernd gefährlich erschien.

„ Phu, geschafft !" riefen die Katzen und lachten, während sie auf dem Berggipfel mit dem Wagen der Göttin Freya landeten.

„Habt ihr die Boabhan Sith gefunden?" fragte Gabriel und war ein wenig besorgt.

„Oh ja, und wie wir sie erledigt haben," lachten die Katzen.

„Die war wirklich die Letzte ihrer Art, wir brauchten gar nicht zu kämpfen.

Wir haben sie in nur wenigen Minuten lahm gelegt und wir waren ganz lieb mit ihr."

Die Katzen konnten sich kaum halten vor Lachen und Gabriel schüttelte unwissend den Kopf.

„Keine Sorge, Gabriel." sprach Rochelle. „Die gute Dame leidet an einer sehr starken

Katzenhaarallergie und da wir so lieb waren mit ihr haben wir sie fast zu Tode gekuschelt.

Nach diesem Asthmaanfall wird sie nie wieder fähig sein jemandem den Lebenssaft zu entziehen." sagte Rochelle, die sich lachend von ihren Kameraden verabschiedete.

„Na gut." schmunzelte Gabriel, bereits ahnend, dass der wahre Kampf erst beginnen würde.

Am Nachmittag begann Oma Anna auf der Veranda den Tisch zu decken.

Das alte Kaffeegeschirr hatte Tiziana Gott sei Dank nicht gefunden und sie ahnte auch nicht dass Anna einen besonderen Gast eingeladen hatte.

Anna mochte diesen Raphael und insgeheim wusste sie, dass er der richtige Mann für ihre Enkelin ist, auch wenn diese noch nicht bereit war das zu erkennen.

Wenige Minuten später stand Raphael vor der Haustüre und begrüßte die Großmutter.

Er schätzte ihren gezielten Versuch ihn mit Tiziana zu verkuppeln sehr und freute sich sie wieder zu sehen.

Seine Gedanken kreisten Tag und Nacht um Tiziana und er musste sich tatsächlich ordentlich zusammen nehmen, damit er sich auf seine Arbeit konzentrieren konnte.

Als Anästhesist konnte er sich keine Fehler erlauben.

Er verstand es nicht, weshalb er von diesem Mädchen so besessen war, aber vielleicht ging es ihm besser, wenn er sie erst geküsst hatte.

„Das ist reine Projektion wie jede andere Form der Verliebtheit auch." meinte die diensthabende Psychologin im örtlichen Krankenhaus und schüttelte den Kopf.

„Schnappe sie dir und besorg es ihr ordentlich, dann weißt du es." meinte sein mit reichlichen Macho Genen gesegneter Kollege.

Diese Aussagen brachten ihn nicht weiter und er war mittlerweile verzweifelt, weil er mit niemanden wirklich darüber reden konnte.

Doch heute Morgen begegnete ihm ein Patient, ein vom Leben gezeichneter älterer Herr und dieser Mann schien auf dem Gebiet der Liebe eindeutig besser bewandert zu sein als seine lieben Kollegen.

„ So so." lächelte der alte Herr. „ Mein lieber Junge, so wie du es schilderst, hast du deine zweite Hälfte gefunden, deine Seelenpartnerin.

Der griechische Philosoph Platon hat darüber in seinem Symposion geschrieben, darin täte ich an deiner Stelle bei Gelegenheit einmal lesen. Dann weißt du nämlich warum das so ist."

Kurze Zeit später überreichte der ältere Herr, Raphael ein auf Pergamentpapier geschriebenes Gedicht.

Was es ist

Es ist Unsinn

Sagt die Vernunft.

Es ist was es ist sagt die Liebe.

Es ist Unglück

Sagt die Berechnung

Es ist nichts als Schmerz

Sagt die Angst

Es ist aussichtslos

Sagt die Einsicht

Es ist was es ist

Sagt die Liebe.

Es ist lächerlich

Sagt der Stolz

Es ist leichtsinnig

Sagt die Vorsicht

Es ist unmöglich

Sagt die Erfahrung

Es ist was es ist

Sagt die Liebe

(ERICH FRIED)

Raphael las sich dieses schöne Gedicht mehrere Male durch, ehe ihm eine innere Stimme zuflüsterte, er möge noch heute schöne Blumen für Tiziana kaufen und ihr dieses Gedicht schenken.

Anfangs zweifelte er an der inneren Stimme, doch jetzt stand er vor der Haustüre mit zwei langstieligen Rosen und dem Gedicht.

Die Angst vor Zurückweisung kam erneut in ihm hoch, aber da musste er jetzt durch.

Anna begrüßte Raphael herzlich und spürte seine Nervosität, welche aber augenblicklich wich, als er sich an den Kaffeetisch setzte und von den Keksen kostete.

Diese Anna Sandgraf war eine äußerst schlaue Person, in den Keksen befanden sich allerlei Gewürze, die eine sehr beruhigende Wirkung hatten.

Sie verstand ihr Handwerk.

Eine Stunde später kam Tiziana des Weges und erneut schien die Welt still zu stehen, als sich die beiden in die Augen blickten.

Doch jetzt setzte sich Tiziana zu ihm und schon bald unterhielten sich die beiden über alles Mögliche und lachten.

Ja, sie lachten wieder , wie einst, in Gabriels Shuttle.

Die Großmutter zog sich unauffällig zurück, da sie die beiden nicht stören wollte und Gabriel bekam an diesem besonderen Tag ein wunderschönes Geschenk.

Seine Seelenkinder lächelten wieder.

Zu später Stunde überreichte Raphael Tiziana die Rosen und die Pergamentrolle mit dem Gedicht.

Ehe er sich verabschiedete nahm er sie in die Arme und küsste sie.

In diesem Augenblick hörte Tiziana auf zu denken, es war als ob in ihr ein Schalter umgelegt worden wäre und irgendein Knopf gedrückt wurde, der ihren Verstand ausschaltete,…………ihr fehlten die Worte.

„Wow, der küsst wie ein Gott…"das war der einzige Gedanke, den sie in diesem Moment fassen konnte.

„Im Vergleich zu den beiden sehen Clark Gable und Vivien Leigh in dem Film „Vom Winde verweht „ blass aus." schmunzelte die Katzengöttin, die mit dem Engel Gabriel auf der Hausbank saß und die beiden beobachtete.

Tiziana erwachte zu Sonnenaufgang und musste eiligst diese Worte zu Papier bringen, welche ihr im Traum eingegeben wurden; ehe sie diese vergaß.

„ Ich kann Dich nicht vergessen , obwohl es mir die Vernunft befiehlt, mein Herz schreit, weint, flucht wenn ich dich loslassen will.

Jede Zelle meines Körpers lechzt nach Dir, nach Deinen Küssen , nach jedem Zentimeter Haut von Dir.

Es ist Leidenschaft, mahnt der Verstand.

Nein, es ist Liebe, sagt das Herz und weint bitter.

Doch die Seele ist still , ruht in sich, lächelt sanft und spricht weise:

„Seine Seele ist hier bei mir, wir sind eins."

Atme und du wirst ihn spüren, sprich „Anam Cara" und du wirst sein Innerstes berühren."

„Habt doch Vertrauen," sagt der liebe Gott," War ich doch der, der euch Seelenkinder einst schuf, denkt aneinander in Liebe und aus jeden Gedanken, werden Legionen von Engeln geboren, die euch schützen und leiten, wohin ihr auch geht."

„Schlaf jetzt mein Kind, sprach die Mutter Erde, den der Tag erweckt deinen Körper und die ersten Sonnenstrahlen decken deine Seele zu, doch wisse, Gott schützt die Liebenden."

Ich erwache an einem sonnigen Morgen .

Alles nur geträumt?

Tiziana war sehr glücklich in diesen Morgenstunden.

Raphael war anders als ihre bisherigen Freunde, sie mochte ihn sehr und mit diesem atemberaubenden Kuss hat er ihr etwas zurück gegeben, was ihr ein anderer vor sehr langer Zeit genommen hatte.

Raphael war an diesem Morgen beschäftigt, den älteren Herren im Krankenhaus zu suchen, er wollte sich bei ihm bedanken doch niemand wusste von seiner Existenz.

Selbst in den Patientenblättern fand er keine Spur von diesem Mann.

Das war unheimlich, wie so manch anderes Ereignis im letzten halben Jahr auch.

Zuerst der Schutzengel, dann die Falken, Tiziana, die vielen Katzen, diese Gefühle und dann der alte Mann mit dem Gedicht.

Irgendetwas schien im Hintergrund zu wirken. Hinter all diesen Ereignissen schien eine unbekannte Macht die Fäden zu ziehen.

Es war unheimlich, wenn nicht gar mysteriös.

Gabriel freute sich sehr, dass er das Lächeln der beiden wieder hören durfte, ließ sich aber von der anhaltenden Ruhe nicht täuschen, nicht umsonst wurde ihm das Amulett mit dem Hoheitszeichen zugespielt.

Die gefallenen Engel agierten diesmal hinter der Bühne und er musste sehr vorsichtig sein, den noch haben sich die beiden nicht vereint und wissen nicht wer sie wirklich sind.

Das musste ganz behutsam geschehen, denn die Vereinigung zweier Seelenkinder setzt unglaubliche Kräfte frei. Kräfte die normale Menschen total aus dem Gleichgewicht bringen können.

„In wenigen Tagen ist Neumond, Venus und Jupiter stehen in Konjunktion zueinander, der

ideale Zeitpunkt für die beiden um eins zu werden." sprach Bastet.

„ Ich weiß." murmelte Gabriel.

„ Glaube mir, die Gefallenen wissen das auch und werden es verhindern, wenn sie die Möglichkeit dazu haben."

„Gabriel, sei nicht missmutig, wir Katzen wachen Tag und Nacht, die Falken haben den südlichen Luftraum geradezu abgeriegelt."

„ Darf ich dir was sagen, liebe Bastet, das wissen diese Schurken auch und ich erinnere mich an deine Worte, dass Tiziana immer noch eine unbewusste Verbindung zu diesem Pharao hat. Wie hieß er ? “

„ Amenothep, er ließ sich als Gott verehren und trug die doppelte Krone.

Du kannst dir gar nicht vorstellen, wie sehr der von sich selbst eingenommen war.

Du wolltest, dass Tiziana und Raphael niemals leiden, aber ich muss dir leider sagen, dass sie in einem ihrer früheren Leben, im alten Ägypten, sehr wohl gelitten haben.

 Leider war ich zu nachlässig und entdeckte zu spät, das Amenothep, der Sohn eines führenden Gefallenen war.“

„Von welchem Gefallenen war er der Sohn, bitte? “, fragte Gabriel.

Die Katzengöttin weinte bitter, sie schluchzte und bat um Vergebung.

„Amenothep war ein Sohn des Luzifer, des obersten gefallenen Engel, darum diese Macht und Grausamkeit.

 Ich schäme mich Gabriel, das die beiden, damals hießen Sie Anuket und Khaled, nicht zusammen sein konnten.

Es wäre auch kaum möglich gewesen, da auf Grund von Intrigen und Missgunst in ihrem Umfeld, sehr viel Misstrauen entstand.

Amenothep benutzte sie, unsere heutige Tiziana, wie er alle Frauen benutzte und missachtete die Tatsache dass sie als Priesterin meinem Tempel vorstand.

Natürlich verliebten sich die beiden auch damals ineinander, kein Wunder, sie sind Seelenkinder.

Doch das Grausame war, dass Amenothep, Tiziana, damals Anuket, für sich alleine haben wollte und Khaled, unseren heutigen Raphael lebendig mumifizieren ließ.

Sie war untröstlich und nahm sich das Leben,.................."

„Danke, mir reicht das." sagte Gabriel und unterdrückte seine Tränen.

" Hab keine Schuldgefühle Bastet, es wird ihr Karma gewesen sein. Obwohl ich immer über die Schicksale meiner Kinder Bescheid wusste, wurde mir dieses Leben, der beiden verheimlicht.

Sonst hätte ich sie nämlich nicht zur Erde gebracht, ebenso wie ich den Jungen nicht nach Betlehem gebracht hätte, wenn ich nur annähernd geahnt hätte, dass ihm dort die Kreuzigung droht.

Aber er wollte es selber so, nur frage ich mich heute was die Menschen daraus gelernt haben." meinte Gabriel und schüttelte seinen Kopf.

„Sei nicht traurig, wir sind hier um alles gut zu machen," sprach Bastet und tröstete den Engel.

Obwohl sie sich nicht mehr verlieben wollte, schwebte Tiziana auf Wolke sieben.

Doch diesmal war es anders, es herrschten nicht die Gefühle der Bedürftigkeit und Sehnsucht in ihr.

Das war keine normale Verliebtheit, es waren Gefühle der grenzenlosen Freiheit und der Unbeschwertheit, die sie seit diesem Kuss in ihr trug.

Sie war glücklich, wie noch nie in diesem Leben und freute sich sehr Raphael wieder zu sehen.

Tiziana machte sich aber keine großen Hoffnungen auf eine eventuelle Partnerschaft, die Erfahrung lehrte sie, dass diese Hoffnungen meistens zerbrachen.

Aber einen Wunsch hatte sie.

Sie wollte noch einmal von ihm geküsst werden,

noch einmal, denn von diesem Kuss würde ihr Herz das restliche Leben zehren.

Zu später Stunde begab sich Tiziana in das Badezimmer und ehe sie ihr langes Haar zu einem Zopf flechten konnte erschienen rote und schwarze Hieroglyphen vor ihrem inneren Auge.

Tiziana atmete schwer, sie verlor das Gleichgewicht und schlug mit dem Kopf auf den harten Boden auf.

Trotz völliger Bewusstlosigkeit spürte sie, wie sie immer weiter in eine unbekannte Tiefe gezogen wurde.

Bastet und Rochelle spitzten die Ohren, sie ahnten nichts Gutes.

Gabriel sah Tiziana plötzlich im freien Fall und Aron flog durch die geöffnete Veranda Tür direkt in das Badezimmer.

Der Falke sah das blutüberströmte Gesicht des bewusstlosen Mädchens und sich um die eigene Achse drehende Hieroglyphen, die um sie tanzten wie lose Herbstblätter im Wind.

Die Katzengöttin und Rochelle eilten schnurstracks herbei und Gabriel erschien plötzlich im Raum.

„Es ist soweit, er greift sie von innen an, diese Hieroglyphen Kombination ist das Siegel des Amenothep." rief Bastet und aktivierte völlig geistesgegenwärtig den Kristall an ihrem goldenen Diadem.

Eine blaue, Lichtpyramide von ätherischer Struktur erschien.

„Folgt mir, sonst ist sie verloren!" rief Bastet und betrat die Lichtpyramide.

Gabriel und Rochelle folgten der Katzengöttin in die Pyramide.

 Gabriel verabschiedete sich von Aron, während Bastet mit ihrer ganzen Gedankenkraft die Pyramide startete.

Er wusste, dass sie sich wiedersehen würden, aber für Aron war es höchste Zeit zu Raphael zurück zu kehren um ihn zu beschützen. Der Kampf hatte begonnen.

Tiziana spürte die eiskalten Ketten an ihren Fuß und Handgelenken, der beißende Rauch der Fackeln ließ ihre Augen tränen.

Mehrere schwarze Schlangen bewegten sich am steinernen Boden.

Panische Angst stieg in Ihr hoch als sie in diese schwarzen Augen blickte.

Er war groß gewachsen und ein sehr schöner Mann, doch in seinem Blick sah sie das Böse in reinster Form, sie zitterte, sein Blick bohrte sich wie ein Säbel in ihren Kopf , sie bekam dadurch unerträgliche Kopfschmerzen, war kaum mehr fähig zu denken und empfand nur noch diesen stechenden Schmerz.

Sie hasste seinen Geruch und erkannte ihn dadurch wieder.

Amenothep, der Pharao, der sich einst als Gott verehren ließ, war zurück gekehrt.

Die Lichtpyramide rotierte in einer unmessbaren Geschwindigkeit durch die inneren Schattenwelten und landete rechtzeitig in Amenotheps Grabkammer.

Die schwarzen Schlangen bäumten sich auf und zischten.

Sie konnten die Lichtpyramide samt deren Insassen nicht sehen, spürten aber die Druckveränderung in der Grabkammer.

Bastet materialisierte sich augenblicklich und erledigte jede einzelne Schlange, indem sie diese unseligen Kriechtiere, der Reihe nach an die Wand klatschte, so dass ihre Köpfe in den Flammen der brennenden Fackeln verbrannten.

Rochelle sprang Amenothep ins Gesicht und kratzte ihm mit einer Vehemenz die Augen aus.

Der Pharao schrie vor Wut auf und schleuderte die Katze gegen den Sarkophag.

Rochelle blieb leblos am Boden liegen.

Gabriel berührte das Amulett mit dem Hoheitszeichen und sprach das Wort, welches der Schöpfer am Anfang sprach, ehe er die Welten schuf.

Durch die Macht und die hohe Schwingung des Wortes, das am Anfang war, zerfiel Amenothep wie in Zeitlupe zu Staub.

Das Amulett leuchtete auf, die Gegenwart des Schöpfers war in diesem Moment spürbar.

Gabriel befreite Tiziana und drückte das Amulett auf ihr Herz.

Erneut sprach er Worte in einer Sprache die keiner verstand, deren Schwingungen nur die Seele wahrnehmen konnte.

Tiziana starrte wie gebannt in die Augen des Engels.

Sie erkannte ihn wieder, ein innerer Film spielte sich in ihr ab.

Sie sah das riesige kometenähnliche Sternenfahrzeug, das Gabriel einst steuerte.

Tiziana sah all die Kinderseelen die darin Platz nahmen und wie sie sich auf ihr zukünftiges Erdenleben freuten.

Manche mehr, einige freuten sich weniger und vereinzelte Seelen weinten sogar, weil sie eine Ahnung von ihrem Schicksal hatten.

Sie erinnerte sich an Raphael, an die himmlische Nabelschnur, die ihre Herzen bis heute noch verbindet.

Beide saßen sie in der hintersten Reihe des Sternenfahrzeuges und genügten einander vollkommen, da sie eins waren.

Tiziana erkannte dass man niemals der Gedanke ist den man denkt und auch nicht das Gefühl das man empfindet, nicht einmal die Persönlichkeit ist, welche man für ein Leben wählt.

Man ist in erster Linie Seele, ein Hauch des Schöpfers

Energie , die man niemals zerstören, sondern nur umwandeln kann.

Dieses Prinzip kannte sie aus der Physik.

„ Engel, sag mir dass wir niemals sterben, dass der Tod nur ein Übergang ist, damit die Seele eine neue Form annehmen kann.

Sag mir, dass die Liebe die stärkste Kraft ist die alles Leben erhält."

„Ja Tiziana," flüsterte Gabriel und küsste sanft ihre Stirn.

„Schlaf mein Kind", sprach der Engel und zog mit seiner Hand einen leichten Schleier des Vergessens über sie.

Das Licht des Amuletts drang in die Nase der leblosen Rochelle. Die Katze erwachte und kehrte gesund und unversehrt aus ihrem Totenschlaf zurück.

Die Katzengöttin nickte dem Engel zu und startete erneut die ätherische Lichtpyramide, welche sie alle zusammen in weniger als einer Sekunde in das Badezimmer von Tiziana zurück brachte.

Ihr Körper war unversehrt. Gabriel brachte Tiziana in ihr Schlafzimmer und legte sie in das Bett.

Sie würde sich am nächsten Morgen an nichts mehr erinnern können, außer dass sie Raphael liebt.

„ Das war eine gute Arbeit." sagte Rochelle und nickte dem Engel und der Göttin zu, ehe auch sie in einen tiefen Schlaf fiel und der Schleier des Vergessens ihren Geist bedeckte.

„ Gabriel, warum lässt du sie diese Ereignisse vergessen?" fragte Bastet.

„Das Amulett, das Hoheitszeichen des Schöpfers. Niemand darf darüber Bescheid wissen, dass es überhaupt existiert, nicht einmal du, schöne Katzengöttin." sprach der Engel und zog das Amulett über die Stirn von Bastet, die auf der Stelle einschlief.

Gabriel atmete tief durch und machte sich auf den Weg zu Aron und Asrai.

Auf den ersten Blick schien alles in Ordnung zu sein.

Raphael schlief .

 Die Gefährtin von Aron ebenso.

Nur Aron blickte gebannt, auf den Hügel, welcher sich einige hundert Meter hinter Raphaels Haus befand.

Der mutige Falke Aron hatte Angst!

„ Siehst du sie?" fragte der Falke den Engel.

Gabriel erschrak mächtig! Nein, das durfte nicht sein! Er traute seinen Augen nicht.

„ Azazel hat keine Krähendämonen geschickt, siehst du sie, die vier Reiter der Apokalypse?"

„Ja," antwortete Gabriel und wartete dringend auf einen Befehl von oben.

Die Reiter der Apokalypse verhielten sich ruhig, die Lage schien ernst zu sein.

Gabriel zog sich für kurze Zeit in die alte verlassene Kirche zurück die nur wenige Minuten entfernt war.

Mit den Reitern hatte er nicht gerechnet und er war sich nicht sicher von wem sie wirklich geschickt wurden.

Aber ihr Auftauchen bedeutete nichts Gutes.

Gabriel atmete tief durch und bat dringend um einen Befehl, da er dies nicht alleine entscheiden konnte und bezüglich der Reiter nicht eigenmächtig handeln wollte.

„Du hast ja mächtig Karriere gemacht, alter Kumpel",
sagte Azazel und lachte höhnisch.

„Gib zu, du hast es gewusst, dass du mich hier
triffst.

Und, wie läuft es in eurem berühmten Himmel?"
spottete Azazel.

Gabriel blieb ganz ruhig und bewegte sich kaum.

„ Wir sind und waren nie Kumpel," antwortete er,
während Azazel wie eine Hyäne vor sich hin lachte.

„Wieso lachst du?"fragte Gabriel und blieb
vollkommen ruhig.

„ Jetzt hast du die Kleine wieder, sei mal ehrlich, die
ist doch süß wie Honig, bist du nicht ein einziges Mal
auf die Idee gekommen sie zu vernaschen.

Wir Himmelssöhne stiegen doch einst herab und
suchten die Erdentöchter heim. Aber du warst immer
schon ein Chaot und ein Feigling noch dazu,"
sprach Azazel und lachte weiter.

„Hör zu, lass dein idiotisches Gelächter!" Gabriel
packte Azazel an der Schulter und in diesem
Moment begann die Erde leicht zu beben.

Das Amulett in Gabriels oberer Manteltasche
rotierte.

Azazels Augen wurden immer grösser, er war am Ersticken und rang mit dem Tod.

Er breitete noch einmal seine schwarzen Flügel aus und fiel kraftlos zu Boden.

Er atmete schwer , selbst im letzten Augenblick seines Daseins, griff er erfüllt von Gier und Machthunger nach Gabriels Mantel.

Azazel erstarrte zu einer Säule und zerfiel durch ein weiteres Beben der Erde in tausende Einzelteile.

Gabriel verließ diese alte Kirche auf der Stelle.

 Während seines Fluges sah er wie die Kirche einstürzte und die Überreste von Azazel im Erdboden versanken.

Das Beben beruhigte sich und eine unheimliche Stille breitete sich aus.

Als Gabriel zurück kehrte saß Aron noch an derselben Stelle.

Die vier Reiter der Apokalypse waren immer noch hier.

Sie schienen auf etwas zu warten und hatten offenbar alle Zeit der Welt.

Gabriel spürte dass es noch nicht Zeit war mit ihnen Kontakt aufzunehmen.

In der Stille der Nacht, rasten plötzlich mehrere Blitze zur Erde und das mächtige Donnern kündigte ein Unwetter an.

Raphael erwachte durch das Beben und kontrollierte ob im Haus alles in Ordnung war.

Den beiden Falken ging es soweit gut, dass Aron wie gebannt zum Hügel starrte und vor Angst zitterte fiel ihm gar nicht auf.

Er sorgte sich um Tiziana und entschloss sich trotz des Unwetters bei ihr vorbei zu kommen.

Raphael fuhr langsam die Straße entlang.

Die sintflutartigen Regenfälle zwangen ihn förmlich dazu dieses Schneckentempo beizubehalten.

Es war unheimlich und gleichzeitig spürte er, dass etwas Besonderes in der Luft lag.

Gabriel saß ausnahmsweise am Beifahrersitz des Wagens und verhielt sich ruhig.

Raphaels Sinne sind feinsinniger geworden und der Engel Gabriel wusste, dass es nur noch eine Frage der Zeit war bis Raphael die erkrankten Organe seiner Patienten ohne Röntgenapparat sehen konnte bzw. wollte.

Denn noch wollte er nicht wirklich sehen.

So ein heftiges Gewitter ist im Herbst eher
ungewöhnlich", dachte Tiziana

Sie stand am Balkon und rauchte eine Zigarette, wie
immer, wenn sie etwas in ihrem Inneren
beschäftigte.

Sie verstand es nicht, warum sie laufend von so
eigenartigen Träumen heim gesucht wurde.

Sie träumte von uralten Tempeln, sprechenden
Katzen und von einem Engel, der einen Anzug von
Armani trug.

Ausgerechnet sie, als angehende Lehrerin für
Mathematik und Physik.

Ihr war sehr wohl bewusst, dass andere Ebenen,
Dimensionen und auch Paralleluniversen existierten
und eine höher stehende Intelligenz alles Leben
kreierte, aber an einen Gott zu glauben fiel ihr immer
noch schwer.

Raphael war erleichtert, sie stand am Balkon und
konnte nicht schlafen.

Das Unwetter schien auch an den zahlreichen
Kräutergärten ihrer Großmutter nicht spurlos
vorübergegangen sein.

Das Radio funktionierte wieder und man berichtete bereits über das Beben und den Einsturz der alten Kirche, die sich nicht unweit von seinem Haus befand.

„Nochmal Glück gehabt", dachte er und freute sich unbändig darüber, dass er Tiziana wieder in seine Arme schließen konnte.

Sie war aufgeregt und nervös, da sie bereits ahnte was geschehen würde und insgeheim wusste sie das Raphael und sie nachher nicht mehr dieselben sein würden.

Sie wusste, als sie in seine Augen sah dass es Liebe war und auch er zweifelte keine Sekunde daran, dass dies anders sein könnte.

Es war wie fliegen,…………………

Trotz der dunklen Regenwolken war der Sonnenaufgang zu sehen und im Westen erblickte man an diesem Morgen nach dem großen Unwetter einen wunderschön leuchtenden Regenbogen.

Aus dem ersten Sonnenstrahl, der auf die Erde traf, stiegen zahlreiche kleine und große Lichtengel aus, die den Menschen helfen würden, die aus dem Unwetter resultierenden Schäden zu beseitigen.

Sie kamen aber auch, um die Menschen im Geiste zu unterstützen, dies war nämlich der Morgen einer neuen Welt.

SMS von Raphael an Tiziana:

„ Ich wünsche mir noch eine Nacht mit dir, eine Liebesnacht, von der wir die restlichen Tage unseres Lebens zehren.

Eine Nacht, in der uns das Schicksal gewogen ist, uns himmlische Mächte zusammen führen.

Noch eine einzige Nacht, in der wir den Verstand verlieren.

 Noch eine Nacht in der unsere Herzen regieren, noch eine Nacht in der unsere Seelen in himmlischen Gefilden spazieren und unsere Körper sich ineinander verlieren.

Noch eine Nacht."

Die Katzengöttin und Rochelle lachten." Möget ihr noch tausende solcher Nächte verbringen," sprach Bastet und sie freute sich dass alles so gut verlaufen war und sie ihren vermeintlichen Fehler gut machen konnte.

Gabriel und Aron standen gemeinsam mit den vier Reitern am Hügel.

„Eigentlich haben wir auf einen Befehl von dir gewartet." sprach der erste Reiter zu Gabriel.

„ Uns wurde mitgeteilt, dass du die Befugnis hast, zu entscheiden, ob auf der Erde noch genügend Liebe vorhanden ist, damit die Menschheit weiter existieren und sich erneuern kann.," meinte der zweite Reiter und der dritte Reiter sprach: „Doch wir sind überzeugt, dass nach wie vor, sehr viel von dieser Liebe vorhanden ist und die Menschheit eine neue Chance verdient hat, besonders jetzt, nachdem Azazels Herrschaft zu Ende ist und alle gefallenen Engel auf einen Wüstenplaneten, am Rande der Galaxie, verbannt wurden.

„Dort müssen sie hart arbeiten, wenn sie überleben wollen und werden kaum Zeit haben über Meutereien und Kriege nach zu denken." meinte der vierte Reiter und lachte.

„Übrigens, wir sind nicht die „Reiter der Apokalypse", wir sind neutrale Wächter des Universums und

Kommen von Zeit zu Zeit, meistens alle 13.000 Jahre ,in alter Erdenzeit gerechnet um zu prüfen, wann der nächste Planet samt seiner Lebewesen dazu bereit ist, in die nächst höhere Ebene zu wechseln und die Erde hat es diesmal geschafft" sprach der erste Reiter.

Gabriel war erleichtert und Aron schämte sich ein wenig, dass er sich vor diesen weisen und doch strengen Wesen fürchtete und auf die wahnwitzige Theorie der Apokalypse hereinfiel.

Die Reiter formierten sich und verabschiedeten sich vom Engel und vom Falken, sie mussten aufbrechen, denn der nächste Planet erwartete sie bereits.

„Dann waren all diese Wetterkapriolen und Katastrophen der letzten Jahre die Geburtswehen einer neuen Welt und die gefallenen Engel unsere Lehrer, die wir jetzt nicht mehr brauchen," meinte Aron.

„Wenn du meinst, dass es so ist, wird es wohl so sein," antwortete der Engel und lächelte.

Das Amulett in seiner Brusttasche bewegte sich kurz, er hörte den inneren Ruf des Schöpfers und es war Zeit für Gabriel wieder in den Himmel zurück zu kehren.

„Mein liebster gefiederter Freund, lieber Aron, ich danke dir für deine große Hilfe.

Pass bitte auf die beiden gut auf. Gehen lernen müssen sie jetzt selber.

Für mich wird es jetzt Zeit wieder nach Hause zu gehen, zumindest für eine Weile, aber ich verspreche Dir, dass ich dir noch in diesem Leben begegnen werde und du mich wieder erkennen wirst. Mach es gut, alter Junge, " sprach Gabriel und war plötzlich fort.

„Du auch großer Engel", seufzte Aron und verkniff sich die Tränen.

Unter dem Gipfelkreuz wartete ein dreijähriger Junge, er sah wie ein kleiner buddhistischer Mönch aus und lachte herzlich, als er den Engel sah.

Gabriel sah in die Augen dieses Kindes und wusste, dass dieses Wesen mit der phantastischen goldenen Aura keinesfalls ein Menschenkind war.

Die Gesichtszüge dieses Kindes waren weise und die Augen strahlten vor Freude und leuchteten wie tausende Sonnen. „ Ich bin der Ich bin", sprach das goldene Kind und reichte dem großen Engel die Hand.

Gabriel staunte und verbeugte sich voller Ehrfurcht, der Schöpfer allen Seins , in seiner wahren Gestalt, ein dreijähriger Junge, das durfte Tiziana niemals erfahren, nicht in diesem Leben.

Das Amulett bewegte sich ganz natürlich zu seinen wahren Herren zurück.

Gabriel schmunzelte: „Der kleinste Gott und doch der Größte von allen, der Schöpfer allen Seins, unglaublich."

„ Die Menschen auf der Erde haben doch geschrieben, dass ich sie nach meinem Abbild geschaffen habe. Das ist wahr, oder hast du jemals alte Greise mit Rauschebart zur Erde gebracht, als du noch als Transportengel gearbeitet hast"?

„ Nein, nur liebe kleine Kinderseelen, deren Lachen mich verzauberte." sagte Gabriel.

Der kleine Gott strahlte vor Freude , während er Gabriel seine Hand reichte.

„Das hast du gut erkannt, im Lachen dieser Kinder findet man mich und nicht in den zahlreichen religiösen und philosophischen Schriften.

Kinder werden nur erwachsen und Menschen werden nur alt und krank, weil sie irgendwann mit dem Lachen und dem Spielen aufhören und so das Lieben verlernen. Oder hast du jemals Elfen und Feen gesehen, die sich auf Krücken durch die Wälder quälen? Euch Engel habe ich geschaffen weil ich mir große, starke Brüder wünschte", sagte der Schöpfer.

„Andere Götter schuf ich, weil ich gerne eine Familie haben wollte.

Aber jeder Mensch weiß wie schwierig Verwandte sein können und diese Erfahrung habe ich auch gemacht.

Jedem Lebewesen gab ich einen freien Willen und jedem geschieht nach seinem Glauben.

Dieser Grundsatz gilt in allen Universen.

Wie soll ich ein strafender, rachsüchtiger Gott sein, wenn sie doch alle meine Kinder sind", sagte der Schöpfer.

„Gabriel, du bist mir ein guter Bruder und stehst mir sehr nahe.

Deine Arbeit war außergewöhnlich und ich möchte dir sehr gerne ein Geschenk machen, dir einen besonderen Wunsch erfüllen.

Bitte wage es, mich um etwas zu bitten und übe dich nicht in falscher Bescheidenheit, du bist ein wahrer Hüter meiner Schöpfung und sollst auch entsprechend belohnt werden.", meinte der kleine Gott und blickte erwartungsvoll in das Gesicht von Gabriel.

Gabriel lächelte und überlegte eine Weile, ehe er seine sorgfältig überlegten Worte aussprach.

„ Wenn Du mich so fragst, lieber Schöpfer, ich hätte schon einen Wunsch."

„Ja welchen, sag es mir, geniere dich nicht, mein lieber Bruder," sagte der kleine Gott und blickte neugierig zum großen Engel hoch.

„ Ich wünsche mir, eine Zeit lang ein Mensch zu sein, möchte so lieben wie sich Tiziana und Raphael lieben. Ich möchte meine Gefährtin so küssen wie die beiden aus dem Film „Vom Winde verweht" es tun ,ich möchte gerne essen und trinken, ich möchte auch gerne Vater werden und Kinder groß ziehen, damit ich die Menschen besser verstehen kann," sagte Gabriel .

Der liebe Gott lachte und sprach: „ Diesen Wunsch erfülle ich Dir mit Freuden. Die Katzengöttin äußerte interessanterweise denselben Wunsch, meinen Segen gebe ich euch gerne. Aber eine Bedingung habe ich, vergiss niemals wer du wirklich bist und sei nicht all zu hart mit ihr, wenn sie gemeinsam mit Dir immer wieder diesen Film ansehen will, versprochen?" fragte der kleine Gott und schmunzelte vor sich hin, während er ein

Wolkentor öffnete und mit dem Engel Gabriel nach Hause ging.

ANHANG:

Amenothep: ägyptischer Pharao; ließ sich als Gott
verehren.

Anam Cara: keltische Bezeichnung für
Seelenfreund.

Apokalypse: Ausdruck der religiösen Literatur;
„Gottesgericht"/ „Endgericht"

Aramäisch: Sprache, welche zu Lebzeiten Jesu
gesprochen wurde.

Astralkörper: feinstofflicher Körper; Hülle der Seele;

Atlantis: ein mythisches Inselreich, das infolge

einer Naturkatastrophe unterging.

Azazel: einer der 200 gefallenen Engel, die zur

Erde herab stiegen.

er lehrte den Menschen die

Kriegskunst

und verführte Frauen.

Bastet. ägyptische Katzengöttin; Göttin d.

Fruchtbarkeit und Liebe

Boabhan Sith. weiblicher Vampir

Dunkle Nacht der Seele: Man hinterfragt den Zweck

des Daseins.

<u>Blaupause:</u>	die göttliche Matrix, welche unser volles Potential beinhaltet.
<u>Engel:</u>	ein Abgesandter des Himmels.
<u>Erzengel:</u>	besondere Himmelsboten mit Führungsaufgaben.
<u>Elohim:</u>	Engel, welche göttliche Prinzipien in reinster Form verkörpern.

Freya: nordische Liebesgöttin, fährt in einem Wagen, der von Waldkatzen gezogen wird.

Gefallene Engel: Geistwesen, die gegen Gott rebellierten.

Hieroglyphen: altes, ägyptisches Schriftsystem.

Karma: Schicksalsgesetz von Ursache u. Wirkung.

Kausalkörper	weiterer feinstofflicher Körper, Informationsträger
Konjunktion:	bei einer Konjunktion stehen 2 Planeten aus der Sicht der Erde fast am selben Ort, daraus resultiert eine starke Konzentration zweier Kräfte.
Kontemplation.	Christliche Mystik; man richtet die Aufmerksamkeit auf einen bedingungslos liebenden Gott aus.

Luzifer: „Lichtbringer", der erste Engel den Gott schuf, war vor seinem Fall einer der höchsten Engels- fürsten.

PI-Zahl: die PI-Zahl ist eine irrationale Zahl, eine nicht periodische Dezimalzahl mit unendlich vielen Dezimalstellen.

<u>Plato</u>(n)	ein antiker griechischer Philosoph; Schüler des Sokrates.
<u>Projektion</u>	eigene psychische Inhalte und Bewertungen werden anderen Personen zugeschrieben.
<u>Reinkarnation</u>	Wiedergeburt
<u>Ryam:</u>	Dämon in Krähengestalt
<u>Seele:</u>	göttlicher Funke; unsterbliche Instanz.

Quellenverzeichnis:

*Erich Fried; „Was es ist" (www.gedichte.vu)

*Auszug aus dem Symposion des Plato (www.hochzeitsplaza.de/hochzeits-forum/hochzeitsbereich/diverses/80460- geschichte-gedicht-für-Standesamt/

*Pattloch – Verlag: „365 Engelweisheiten" Kalender 2009: Zitate von:

 Heinrich Heine, Epiktet ,Rainer Maria Rilke und Oswald Spengler